GABRIELLA RENDEIRO

PAISAGENS INSULÍNICAS

COLEÇÃO QUEM DERA O SANGUE
HECATOMBE
2023

HECATOMBE

HECATOMBE

rua do caju, 478
jardim das cerejeiras
cotia — sp
06724-015
brasil

rua dr. manuel pacheco nobre, 128,
5 esquerdo
2830-080
barreiro (setúbal)
portugal

[+351] 928053619
[55] 19 9 82411532

www.editoraurutau.com

SUMÁRIO

I. AMAR COMO QUEM COMEÇA

II. LÂNGUIDA

III. LATE CRAVINGS

She knew vessels, she knew water, she
knew mortal thrist.

ANNE CARSON

I. AMAR COMO QUEM COMEÇA

*

a feminilidade consiste em girar até que se perca
a noção de chão

todas as formas viram estrelas

*

opened the window
and cried
like the most beautiful bird

there is

*

ter uma casa de abate
no lugar no coração

mas optar
pelo menu vegetariano

*

não é um bolo
que eu possa dar

o primeiro pedaço

a alguém, nem mesmo
o bolo inteiro

não é uma questão de partilha
porque meu coração é infinito

e ao mesmo tempo
pode ser devorado

por pessoas não tão doces
não tão

pacientes

só que

eu não quero

meu coração é infinito
mas não sobrevive

assim

imagina comigo

uma vela
infinita

mas só quando
você acende com fé

*

onde você é campainha,
eu sou o sótão subterrâneo
de um sequestro

onde você é um outdoor de baleia,
eu sou uma carne de caça

onde você é o herói,
eu sou a mulher que inventou a agulha
e costurou sua capa vermelha

por isso o nosso amor é estranho:
eu sou o corpo que você esconde
nos barris de vinho

*

the bride of my
nightmare
the bride
of a yellow bird
whose sing
is my own
muteness

*

[mas falar de um lugar que são muitos silêncios dobrados]

*

você queria uma mulher
de que só você visse a cara
eu pegava impulso
na beira da piscina
e pulava
num voo do avesso

devo não ser discreta

*

[aliás já tenho a moldura pro pano que mordi parindo
a mim mesma]

*

yes i am upset everyone will be you

the gratest betrayal
wasn't almost being murdered
by a miserable man
who thought he could never
be loved with love
but out of fear
the greatest betrayal
was
the man to whom i thought
i could touch with love
and could only be touched
in abscence

i see
these two men beside
each another

telling me love is a
forgetful anthem
and just like elizabeth
bishop
i'll lose something
everyday

and i hope i do
i hope i'm touched
by the light of my own
forgetfullness

where your face
will disappear
on the shore of a wane
i'll be singing to maeve

the earth soft
with its graves —
i had only a mere impression

i know what you'll say
i am the woman who runs

more than horses
but love is a forgetful anthem

*

loving you is a bathtub
of hot water
my body in a liquid state
loving you is to soak
in my own filth
i love it
and wait
to be shiny and new as ever

and the pain of water
as bachelard once said
is infinite
and dead
that's why it's hot

the pain of water to wash me
as you delight yourself watching
me

shiver
it's very important to me that you watch

II. LÂNGUIDA

*

it's so amazing, this state of dreams like nobody could hurt you, even though they certainly do. this dreaming and waking up with a strange taste on your mouth. sometimes the body is sore, and you think it's strange but nice, like home. like some angel or spirit or alien touched you in your sleep and you shared a dream with another person. and it was real. sometimes, later, you realize it could be nothing but a fallen angel.

*

I.

dear mango tree,

my imagination is
shrinking

how to spend its
final breaths? and

does it ever end?

i wanna paint
my face white
and watch it

disappear

with my olleander

bouquet
and red dress

our honeymoon

in everyone's eyes

a beautiful lie
portrayed by you

now

everyone knows

wherever i go
fate had failed
me

russian doll

inside my emptiness

lives
another one

II.

a truer state

swimming in
my own waters
once again

if only you'd confess
the darkness of your gift

i'd have stayed

i love an honest god

*

amo a gabi de longe
ele disse

há algumas semanas penso nele sem
conseguir responder

às vezes o silêncio é a única língua
que eu falo

e ela me apavora

começam a falar em silêncio também

e o meu calor vira um mito
um mito

eu me lembro da primeira vez
que meu pai me pegou no colo

e eu estranhei

e quando nós nos amamos

eu estranhei

*

coração na boca descrevendo
não o perigo sentido

ao falar
mas a importância do perigo

*

minha primeira palavra
como a de todo mundo
foi mamãe

mamãe, coloquei um mistério na boca

criei uma sombra pra falar de você
e brincar comigo

uma sombra pra chamar de alguém

já a segunda grande palavra vem
quando somos adultas

muito diferente de te amo, que se confunde
com boa noite —

o amor como esquecimento

*

perdão se te fiz chorar, princesa

perdão se te fiz

é que te imagino
com a cabeleira preta

diante do espelho

odiando a palavra “mãe”

*

mas quando passei
a rabiscar
o mundo
começava sempre
pelos seus olhos

*

sonsa

eu tentei lamber minha palavra
rasguei a minha língua

eu não sou polida
não sou palatável

eu sou a mulher
impossível

*

i barely know you
these days

everything comes to
the bed
and how i approach it

the weight thing
the endurance

the drems this gelid
layer of invisible

underneath me

i dropped my glass
of water

you are now asking
about my glenn gould
preferencies

i am like a
record carved

by the gallope
of a happy beast

but just the record
and once you play it
you get it

you're hit by this conscience
that you're hearing a dead woman's
voice

a dead woman can still ask
for a lot of things

for instance
a teddy from one of those machines

and you say you'll get me one

and now i'm thinking of a bouquet
of black swan's feathers

and i'm thinking love's
an uncountable noun

while sweating under this blanket
that makes me feel like

you've won

*

i seem to like this moment
which i'm convinced
of the situation of the prey

no scape except surrender
to this mortal
thrist

III. LATE CRAVINGS

*

se é pra fazer uma analogia
com meu coração

eu penso logo em um bolo
gorduroso e doce

porque meu coração
não é feliz nem triste

ele é assim

uma coisa que gruda nas mãos
e que pede por água

logo depois

uma coisa que simplesmente

não dá pra encaixar todo dia

não é pra todo dia

é trabalho demais
é açúcar demais
e não sustenta ninguém

por muito tempo
você logo fica
com fome

de novo

mas é uma festa

*

tem um bebê
nas minhas costas
que eu gostaria
de desmanchar

um bebê feito com o peso
dos seus olhos
em mim

e dos meus cada vez mais
atravessados pelas notícias
do chão

é bom conhecer uma
cidade pelo chão onde
ela se quebra, onde
fizeram um canteiro
com flores amassadas

as flores são tão boas
em morrer que eu
até invejo

sem ritual funerário, sem
resposta audível

os meus dentes sempre
desgastados pela última
notícia da sua ausência
eu mastigo e engulo tudo
de novo quando chega a hora
de dormir

sua ausência virou nome
de mulher, virou
(silêncio, estou quase
dançando) minha fúria
de açúcar
acaba sempre derretida

eu poderia limpar
mas

me pergunto se esse
horror parecido com
sujeira não
pode ser a minha vida

*

dear vanda,

only an animal in inextricable pain
would tear off its ears

here

you pass it to me
and tell me to make a necklace

i know you think that's sweet
but it's disgustingly sad, dear

quatro movimentos de castração

I.

engoli um pouco
de espuma
esse ídolo
da castração

desde o amor

II.

você
era
um monstro
mágico
alado

nós caminhamos

um
deserto de
sal

eu acho muito
bonita
a imagem da
violência

quieta

o tempo —
parece —
te foi bom

III.

(we are
so over
that now)

era uma

vez duas
meninas

descobrindo

o sexo

(uma flor
debaixo
do
travesseiro)

até hoje
não consigo
confesso

pensar em flor
sem pensar
em sexo

IV.

crescemos
e jogamos
a flor
num poço

(você conhece
a língua
dos
poços?)

meu deus

tomávamos
banho
escovávamos

as peles os
dentes
juntas

e dizíamos
coisas terríveis

brincando de
boneca
como

irmão gorila

dentro de nós
havia
um monstro

você não
esquece
o terrível
que te toca

*

a book made only
of hair

not today, she said

attempting too soon to conform
to the tragic destiny of her own

making, a fairytale
made only

of witches

attempting too soon to conform
to the empty vessel
of her heart

hope alone remains whispers
the voice of a myth

*

hoje

não quero esfregar
suas costas naufragadas

esse canto que lembra
de onde venho

e como me banho

no princípio
era só o mar

e o sol que se dobrava
nele mesmo

e eu dormia

[
tomo-a nos braços
a sem nome

mas ela não chega
a me amar

tão linda, tão intocada

a que dá voltas no castelo

a que assina, na praia

só uma gota
singela

do seu sangue
]

*

acho que deus
é uma espécie de medusa

ou sol do avesso

*

faço um
desenho
estou só
nele sou
essas
camadas
laranjas
vermelhas
e pretas

de giz de
cera
queimado

eu sei
como eu
sou
carinhosa

eu sei
como eu
amo como
uma besta
como um
bebê
que ainda

não
chorou

como um
deus que
dorme no
miolo

de um
brinco-de-
princesa

mas
eventualmente
o bebê precisa
ser um bebê

e o deus
faminto
precisa ser um
deus faminto

eu não sou
terrível
pela minha
fome

eu não sou
terrível
pela
quantidade

de inflamáveis

despejados no
meu peito

ainda bebê
quando
me disseram

queimar pra
purificar

*

I.

eu prefiro
minha piscina de plástico
aos seus olhos
de abismo
a caverna estofada
e branca
nada mais incansável
que lençóis
brancos
eu amo
cheiro de couro
cabeludo
cheiro de petróleo
tratado
e cachorros
eu amo
os seguintes nomes:

macarrão (um tipo de boia)
exasperada
(um tipo de desespero)
paredes
(tudo que advém desse nome-
-imagem
absolutamente acalentador
e assustador
ao mesmo tempo)
eu gosto de poder nomear
o desespero
deus me deu
o dom da palavra ou eu
inventei?
deus me deu
o meu desespero
ou eu inventei?
inventei pra mim um tipo
de desespero
o desespero de dar nome
pro que ainda não
existe
escrever

é me territorializar
ou o contrário
desterritorializo-me?
eu escrevo como quem
abandona
eu me abandono
torno-me
desaparecida
de mim mesma
deserdo
as imagens que nutria
porque elas se tornam
mais ou menos conhecidas
à luz do véu
branco
que é a escrita
o meu véu branco de escrita
reflete na luz de deus
a luz do sol
e as minhas imagens-fantasma
vazam
da escuridão sem nome
que normalmente sou

se eu não territorializo a imagem
ou me desterritorializo da imagem
ela me devora
também

II.

a dura e estranha flor
plástica
do desejo
é de verdade?, pergunto
já me espetando
e passando a vergonha
de acreditar
na flor do impossível
não é
eu e meus devaneios
minha mãe sempre disse
que não existe
essa coisa de príncipe
mas ela nunca disse
que existia

você
que não tem nada
de príncipe
e por isso mesmo
é
o cavaleiro negro
dos meus sonhos
que me mata
e toma tudo
eu tenho certeza
absoluta
certeza
de que você me mata
e é por isso que
eu nunca
e é por isso que
existimos sempre
em tensão
por isso que ontem
eu escrevi:
prefiro a piscina
de plástico
do fundo do meu

quintal
afinal
não sou princesa
sou a pobre
camponesa
da cidade que você
destruiu
com o fogo

*

você me olha

apertando
as mãos
em cima da cabeça

estou deitada

e tenho marcas de dentes
no dorso

podiam ser do meu cachorro

mas são meus

*

i'm the last wild horse
and i can't be taken
furious crying screaming
landing
i've been here too many times
and none i've found happiness

you don't see me for me –

i blush i rub your back
and i hate to shower together

but

i'm beautiful,
you say
and not everything that shines is gold
still
you are the counterpoint to my desert

and i don’t go far
i go very little far
you know it

i try not to dream of you
so i can see you
for a moment

your deep dark hair
your dark silver strenght
how to describe it?

the blackness in my eye a brown sobriety point of gravel
and hooves a twisted sobriety that’s good i like to sleep
high on sugar but that isn’t the tempting sensation i seek
to have with you

trust me this time
i want to honour this strangeness

*

a cama sempre foi
meu método

de escrita

meu primeiro descuido e minha
primeira coragem

na cama, me separo finalmente
dos outros. de você

corro livro e feroz

comendo ovos para não os pisar

I.

sim, amor meu, mas me cansas
por muito que te ame

nunca irei entendê-lo

teu cansaço também
invencível

pedra de sísifo rachada como
um ovo

eu o comeria, se pudesse

II.

os pássaros que pensamos
fêmeas

tiveram filhos

mas só perceberam na hora
do parto?

(gaiatada geral)

tinha esquecido que pássaros
botavam ovos

por um segundo

acreditei que todos os seres
do mundo

davam de mamar aos seus

III.

querida, a verdade
é que sou manhosa

os outros ajustam
a lâmpada

e eu atrás de ti, deitada

os pés no sofá

(não sei se pode, mas
ponho)

estou só descansando
a vista, eu disse

igual meu pai há mais
de dez anos

quando eu era uma
gatinha manhosa e

mansa

então eu dizia
tudo bem

ou eu não dizia nada e
ficava olhando

IV.

manha e mansidão como
quem em vez de um

castelo de cartas
quer fazer uma planície

de que serve uma planície
me diriam

se uma planície não desafia
ninguém, se nunca ninguém

ficou melhor por causa de uma planície

me obrigariam
a dizer —

então eu sou ninguém

V.

estou cansada, lhe disse

cansada de falar na língua dos outros
e ninguém na minha

uma hora vão falar na sua

e contar com o ovo no cu da galinha?

depois que um cavalo se deixa montar
acabou, está acabado

depois que uma mulher se deixa calar
também

teria dito há poucos dias:

eu não sou uma mulher, eu não sou a sua
língua sobre a minha, eu não faço personagens

pra colocar uma linha na minha vida verdadeira

na verdade, eu nem tenho o que se pode chamar
de "vida verdadeira"

você está confundindo realidade e ficção, disse o terapeuta
como qualquer boa pessoa

GABRIELLA RENDEIRO [redacted] nasceu e vive na capital no país. Formada em Teoria, Crítica e História da Arte pela Universidade de Brasília, trabalha com curadoria independente, além de produção e tradução textual. *paisagens insulínicas* marca sua estreia na poesia brasileira [redacted]

HECATOMBE
selo da editora urutau

EDIÇÃO debora ribeiro rendelli
REVISÃO juliana palermo
DIAGRAMAÇÃO victor h. azevedo
PROJETO GRÁFICO E CAPA wladimir vaz
COORDENAÇÃO GRÁFICA tiago fabris rendelli

Dados Internacionais de Catalogação na Publicação (CIP) de acordo com ISBD

R397p Rendeiro, Gabriella

Paisagens insulínicas / Gabriella Rendeiro. -
Cotia : Hecatombe, 2023. 80 p. ;
13cm x 15,5cm. – (Quem dera o sangue)

ISBN: 978-65-87938-99-8

1. Literatura brasileira. 2. Poesia. I. Título. II. Série.

2023-1723 CDD 869.1
CDU 821.134.3(81)-1

Elaborado por Vagner Rodolfo da Silva - CRB-8/9410

Índice para catálogo sistemático:
1. Literatura brasileira : Poesia 869.1
2. Literatura brasileira : Poesia 821.134.3(81)-1

COLEÇÃO QUEM DERA O SANGUE — JULHO — 2023